Reseda Lutea
VOS QUALITÉS ÉGALENT VOS CHARMES
Campanul
Rotund
ATTACHEMENT SURVEILLANCE
Malva Sylvestris
DOUCEUR
Lunaria Rediviva
JE VOUS ATTENDRAI CE SOIR
Anemona Apennina
ABANDON CANDEUR
Oxalis Acetosella
VOUS ALLEZ TROP LOIN
Dianthus Cartusianorum
AMOUR VIF ET PUR

Marthe Seguin-Fontes

Le Langage des Fleurs des Champs

ÉDITIONS DU CHÊNE

MESSAGE FLEURI

Si nous devions échanger nos bouquets,
je te dirais mes sentiments en t'offrant une *renoncule*.
Peut-être recevrais-je en réponse une branche d'*origan*.
Tu me comparerais à la fleur rouge de l'*adonis*,
et je t'avouerais que tu es ma *ficaire*,
car je me sens environné d'*euphorbes* lorsque je pense à toi.
Je t'en prie, ne parle pas comme l'*oxalis* !
Cueillons plutôt des brassées
d'*œillets rouges*
et partageons-les également.
Laissons de côté le *colchique* et la *fumeterre*
car, vois-tu,
c'est la fleur du *liseron* qui nous va le mieux.
Enfin, pour exprimer les vœux que mon cœur t'adresse,
reçois de ma part une gerbe de *houblon*, de *sauge* et de *trèfle*.

Je ne demande en échange qu'un petit brin de *myosotis* !

Ce message n'aura plus de secrets pour vous si, en vous reportant aux pages de cet ouvrage, vous remplacez les noms des plantes par leur signification dans le langage des fleurs.

L'Adonis

Grande beauté masculine

Ni la manne qui vient des cieux,
Ni tout ce que Flore possède,
Ni le nectar de Ganymède
N'a point de douceur qui ne cède
À ce baiser délicieux.

Claude Malleville

Autrefois, les adonis piquaient, çà et là, la toison des blés de leur éclat rouge au cœur noir. Mais les agriculteurs modernes ont fini par débarrasser leurs champs de ces petites fleurs écarlates dont les graines se mêlaient à celles de leur récolte. Aussi cette plante est-elle difficile à découvrir.

La mythologie la fait naître d'une querelle jalouse entre Mars et Vénus. Cette dernière s'étant violemment éprise d'un très beau jeune homme du nom d'Adonis, Mars en prit ombrage et conçut un projet de vengeance : au cours d'une chasse dans les forêts du Liban, il lança contre lui un sanglier furieux qui le déchira. Blessé et perdant son sang, Adonis fut pris en pitié par Vénus qui lui redonna vie sous la forme de l'*Adonis aestivalis*, petite fleur écarlate que l'on surnomme encore « goutte-de-sang »...

Du moins, la cruelle machination d'un mari jaloux nous vaut-elle ce petit bijou rubis au cœur de velours noir.

Adonis Aestivalis

L'Ancolie

Folie

Tristesse

L'anémone et l'ancolie
Ont poussé dans le jardin
Où dort la mélancolie
Entre l'amour et le dédain [...]

Guillaume Apollinaire

Étrange fleur, avec ses cinq capuchons dressés dont l'extrémité s'enroule en volute, rappelant à certains les serres d'un aigle *(aquila)*.
Son nom latin, *Aquilegia*, pourrait également faire allusion au mot *aquilegium*, réservoir d'eau, les pétales composant une sorte de bassin minuscule alimenté par la rosée, à moins que leur forme ne figure cinq colombes en train de boire à une coupe (en anglais, l'ancolie s'appelle *columbine*).
Une autre version veut que ses capuchons ressemblent aux bonnets dont on coiffait les fous au Moyen Âge, ce qui expliquerait le symbole de folie qu'on lui attribue. De toutes ces versions, laquelle choisir ?
Contentons-nous d'admirer le bleu violacé si délicat de cette fleur des bois, la tête penchée gracieusement sur sa tige recourbée, attitude qui évoque peut-être nostalgie et tristesse, et savourons les surnoms que le langage populaire lui a attribués : « cinq-doigts », « chapeau-du-bon-Dieu », « fleur-de-capuce »...

Aquilegia

L'Anémone

Abandon
Candeur
Éphémère

En ces jours de septembre où fleurit l'anémone
Chauds encore du soleil, lourds de fruits mûrissants,
Quand le soir violet monte en brume d'encens,
Apportez-nous, enfants, les prémices d'automne.

Jean Pourtal de Ladeveze

Le printemps inscrit ses premiers signes dans les bois reverdissants. En bordure, dans l'herbe neuve, des centaines d'anémones, si fines, si délicates, si fragiles se courbent sous le vent (du grec *anemos,* vent). Leur brève floraison évoque la beauté éphémère.

Le nom d'Anémone est celui d'une jeune nymphe dont Zéphyr, dieu du vent, s'éprit. La femme de ce dernier, jalouse, la transforma en fleur afin de la soustraire aux assiduités de son époux volage.

Les espèces sauvages sont de couleur claire, blanche, bleu pâle, plus rarement d'un rouge violacé. Les pétales sont étroits, nettement découpés. Les étamines sombres rayonnent autour d'un petit cœur foncé. On en retrouve les traits essentiels dans les anémones de nos jardins, ou celles des fleuristes, mais si leur structure reste la même, les tiges épaissies remplacent celles, graciles, de l'espèce sauvage, les pétales élargis et fortement colorés de pourpre et de violet prennent la place des languettes délicates de la plante des bois.

Anemone
Apenina

L'Angélique

Extase
Inspiration

Angélique des prés,
Angélique des bois,
Si tu fais ta sucrée
Prends bien garde à toi !

On te fera confire,
On te fera bénire,
On te mettra sur un gâteau,
On te mettra sur un plateau
Pour que les gourmands te mangent,
Au château Saint-Ange.

Offerte aux humains par les anges, elle est censée protéger des poisons, des morsures de chiens enragés.
À l'état sauvage, l'*Angelica sylvestris* pousse dans les lieux humides, dépassant fièrement les zones herbeuses de sa haute taille. Sa forte tige cannelée se couronne de larges ombelles blanches, parfumées. Pour insister sur la qualité de la variété cultivée, on lui a donné le nom d'*Angelica archangelica*.
On l'utilise contre toutes sortes de douleurs, de la rage de dents aux maux d'estomac, de reins... En confiserie, colorée en vert vif et cuite dans le sucre, elle décore les gâteaux.
Tant de douceur nous fait penser au joli prénom d'Angélique, tendre héroïne du *Roland furieux* de l'Arioste, thème à succès des marionnettes siciliennes.

Angelica
Silvestris

L'Arum

Ardeur

Les crosses des fougères au moment de se dérouler,
les pétales crochus et fragrants du chèvrefeuille,
les cornets verdâtres de l'arum de l'ombre,
aux feuilles tachetées de brun,
qu'on trouve aux lisières des bois (...)

Roger Caillois

Dans les fourrés humides et ombragés apparaissent en fin d'hiver deux grandes feuilles pointues, tachetées de brun, puis, dès le mois d'avril, un cornet serré, verdâtre, dont la base renflée lui a valu le surnom populaire de « pied-de-veau ».

Peu à peu, ce cornet va s'entrouvrir, se déployer, sa teinte devenant plus pâle, presque blanche, et laisser deviner, à l'intérieur, une colonne en forme de massue couverte d'une substance mielleuse et odorante.

Les petites mouches s'y laisseront prendre et, à la suite d'une transformation complexe de la plante, en assureront la fécondation.

Plantes aux formes puissantes, rigides et élevées, les arums deviendront, par la grâce des horticulteurs, ces grandes fleurs au blanc pur qui embellissent tant de cérémonies de mariage.

Arum Maculatum

L'Asphodèle

Regret

(...) Je ne sais pas de fille
Qui montre autant d'allure
Quand la noire mantille
Couvre sa chevelure,

Ni de fleur plus étrange
Puisqu'en elle se mêle
Dans un secret mélange
La rose et l'asphodèle.

PHILIPPE CHABANEIX

Sur les rochers calcaires, presque nus, des rives de la Méditerranée, se dressent ces tiges de haute taille, couvertes de fleurs étoilées, blanches ou jaunes. Les asphodèles appartiennent à la famille des lis, avec des pétales allongés, marqués d'une rayure plus foncée. De longues étamines en forme de bouquet se terminent par une petite pelote orangée qui lui font comme une ponctuation.
Ils nous parlent du royaume souterrain où les âmes errent, après leur mort : Perséphone, fille de Zeus et de Déméter, pleine d'admiration pour ces fleurs au port altier, tendit un jour sa main pour en cueillir une. Hadès, qui souhaitait l'épouser et l'emmener avec lui aux Enfers, fit alors s'entrouvrir la terre sous ses pas. À la suite de cette légende grecque, les asphodèles sont restés le symbole du regret mais aussi de l'immortalité après le trépas.

Asphodelus
Luteus

L'Aster

Arrière-pensée
Vantardise

« Je ne suis pas belle »,
– ainsi parle l'aster –
« Mais j'aime les hommes,
et je les console. »

FRIEDRICH NIETZSCHE

L'aster prend place dans la famille des marguerites dont il a le cœur jaune et bombé. Cependant, ses pétales beaucoup plus nombreux et très étroits prennent toutes les teintes du mauve.

Son nom provient du grec *astêr*, astre, et le fait comparer à une étoile. Dans les campagnes, on l'appelle également « herbe étoilée ».

Fleur annonciatrice de l'automne, l'aster prend aussi le nom de « marguerite-de-Saint-Michel » que le calendrier honore le 29 septembre.

Son origine est américaine, mais nombre d'espèces cultivées sont retournées à l'état sauvage en Europe.

Virgile nous apprend que l'aster figurait en bonne place sur les autels des dieux. Une légende rattache cette plante à un archer célèbre nommé Aster de Macédoine. Ce dernier, très habile tireur mais extrêmement vantard, ayant défié son roi, perdit son pari et par voie de conséquence, la vie.

L'aster a également une réputation de tristesse car il signifie la fin de la belle saison.

Aster

LA BARDANE

Inconvenance
Importunité

Je rentre à midi et demi, plus défaite que si trois braconniers m'avaient troussée au bois [...] les cheveux feutrés de bardanes, ma jupe mouillée où le millet sauvage a brodé ses petites boules vertes et poilues...

COLETTE

L'imagination débridée de Rabelais a donné à la feuille de bardane des dimensions telles que des pèlerins auraient pu s'y cacher ! Il n'en est pas moins vrai qu'elle s'étale très largement sur une tige haute, rude et puissante qui laisse un goût amer sur la main des cueilleurs. La plante, rustique et couverte d'un fin velours, très feuillue, sait se contenter de terrains pauvres et secs, bords de routes, décombres...
Au mois de septembre, elle produit de petites pommes épineuses qui amusent fort les enfants, car elles sont couvertes de bractées dont les terminaisons en forme de crochets s'attachent aux vêtements et y restent suspendues. On imagine aisément le joyeux usage que les gamins peuvent en faire, en les lançant sur leurs compagnons de jeux.
Autrefois, on utilisait les racines fraîches comme sudorifiques et on traitait la teigne avec le suc des tiges et des feuilles, d'où le surnom peu sympathique d'« herbe-aux-teigneux ». Sans doute Rabelais, qui était médecin, avait-t-il répertorié la bardane dans sa pharmacopée.

Lappa Communis

LE BLEUET

Délicatesse

La lumière (...) foulait les grandes jachères couvertes de bleuets ; elle en faisait de la chaux à peine bleutée. Elle s'attachait aux poils des fleurs et elle y pétillait (...)

JEAN GIONO

Hélas ! qu'il est difficile aujourd'hui de trouver des bleuets ! Repoussés sur toute la surface des champs de céréales par les pesticides, on a parfois la chance d'en trouver en bordure, au ras des chemins. C'est une fleur très ancienne que les fouilles archéologiques ont permis de déceler dans les cités lacustres, dans les steppes du Moyen-Orient, dans les tombes égyptiennes et notamment celle de Toutankhamon. Les tiges grêles, d'un gris-vert velouté, se terminent en forme de petits artichauts aux sépales barbelés et imbriqués. Les pétales ont la forme de tubes qui s'évasent en langues découpées d'un bleu tendre et frais.

Plusieurs légendes s'y attachent, notamment celle du centaure Chiron, blessé par une flèche empoisonnée et que le suc de cette fleur aurait guéri. C'est pourquoi le bleuet est appelé aussi « herbe-au-centaure ». Il aurait également la propriété de décongestionner, sous forme de décoction, les yeux irrités, d'où un autre surnom : « casse-lunettes ».

Autrefois, poussant de compagnie dans les champs, les bleuets, les épis de blé et les coquelicots entraient dans la composition de bouquets qui symbolisaient la Nation française. Il est bien rare de nos jours de pouvoir lier ensemble ces trois espèces.

Centaurea
Cyanus

LE BOUILLON-BLANC

Nonchalance

Nous regardions monter, sur les terrains ingrats,
le grand candélabre des chardons à carder (...)
Montaient de même les bouillons-blancs,
tout couverts – feuilles pileuses, fleurs couleur
de route – de la pulvérulence caniculaire.

COLETTE

Tout le monde reconnaît, sans parfois en savoir le nom, la haute colonne de velours vert pâle, presque blanche, qui s'élève sur les sols caillouteux et hostiles. Quelle opposition entre la somptuosité de sa parure et le pauvre milieu dont elle est issue !

À sa base, ses larges feuilles velues s'étalent en rayonnant, douces à l'œil comme au toucher, et recouvrent le sol. Une hampe majestueuse, qui peut atteindre un mètre ou davantage, se dresse vigoureusement, laissant retomber ses feuilles molles. Au sommet, une grappe serrée est couverte de boutons. La floraison commence par la base et, au fur et à mesure que les corolles jaunes se fanent, d'autres boutons éclosent plus haut, et ainsi de suite jusqu'au bouton terminal.

Le nom latin du bouillon-blanc est *Verbascum*, qui sonne comme *barbascum*, rapprochement logique pour une plante couverte de poils, donc « barbue ».

Les feuilles de bouillon-blanc servent à confectionner une infusion pectorale employée dans le traitement des rhumes et des maux de gorge.

Verbascum Thapsus

LA BOURRACHE

Changement
Brusquerie
Ton bourru

(...) Les talus couverts de centaurées et de bourraches l'apaisaient dans la forme bleue d'un sommeil de serpent (...)

JEAN GIONO

La nature même de cette espèce sauvage, entièrement couverte de poils, illustre bien le symbole qui lui a été attribué car, non seulement la tige, mais aussi les feuilles sont implantées de poils, non réellement piquants, mais qui accrochent et sont rudes au toucher.

Pourtant, dans ce milieu peu engageant, que les fleurs sont belles ! Cinq pétales d'un bleu violacé profond et pur, aux terminaisons pointues, légèrement spiralées, entre lesquelles les sépales montrent leurs languettes velues. Au centre, pour mieux les mettre en valeur, un ensemble d'étamines assemblées en cône long et effilé, violet très sombre, presque noir, complète la forme originale de cette fleur.

En petites touffes fourrées, les bourraches égaient les bords des chemins arides et des terrains vagues. Cueillez-les au cours de vos promenades d'avril, détachez les fleurs et parsemez-en vos salades car elles sont comestibles et du plus bel effet. Vos invités en seront surpris et charmés.

Borago Officinalis

LA BRUYÈRE

Solitude
Mélancolie

Il est sur ma montagne une épaisse bruyère
Où les pas du chasseur ont peine à se plonger,
Qui plus haut que nos fronts lève sa tête altière,
Et garde dans la nuit le pâtre et l'étranger.

ALFRED DE VIGNY

Loin de tout fleurit la bruyère : sur les landes solitaires, sur les collines pierreuses, sur les rochers nus, sur les terrains dépourvus d'arbres. Ses modestes grappes frissonnent au vent. Ses clochettes frêles, d'un rose fané, évoquent une douce tristesse, un effacement résigné, et si touchant ! Toutefois, loin de cette vision poétique, on peut la considérer sous son angle pratique : son bois est employé pour confectionner les pipes et les balais.
Mais comme nous sommes résolument rêveurs, ces balais ne nous ramènent-ils pas aux sorcières de *Macbeth*, à la lande désolée où le vieux roi Lear, errant dans l'obscurité, affronte le vent et le tonnerre ?

Calluna
Vulgaris

LA CAMOMILLE

Amitié
Calme

Sur ma veilleuse, la tisane ; les chères cousines
se sont longuement consultées en m'attendant :
« À son dernier séjour, était-ce de la camomille
ou de la verveine ? – Mais non, j'y pense :
de la fleur d'oranger ! où avais-je la tête ? »

PAUL MORAND

La camomille ressemble à la marguerite mais ses pétales blancs sont plus écartés et un peu rabattus vers le bas. Dans la nature, elle est toute simple mais, achetée chez l'herboriste, la variété modifiée par l'horticulture présente de nombreux pétales qui la font ressembler à un minuscule chrysanthème.

Elle fait partie des « herbes-de-la-Saint-Jean » et il est recommandé de la cueillir avant cette date (24 juin) pour éviter que les sorcières n'altèrent ses vertus. On raconte qu'ayant craché sur elle, Satan la rendit inconsommable, mais le Seigneur rompit ce maléfice, lui conservant toutefois son goût amer. Certains apprécient cette amertume tonique et vivifiante.

Consommée en infusion ou en décoction, elle révèle des propriétés calmantes qui agissent contre les spasmes nerveux et aide les digestions difficiles. En rinçage après un shampoing, la décoction de camomille donne aux cheveux clairs un reflet doré, tirant sur le roux. Les beautés italiennes de la Renaissance s'en servaient pour obtenir le fameux « blond vénitien ».

Chamaemelum
Nobile

LA CAMPANULE

Attachement
Surveillance

Le cercle d'or grandit au rythme de la faux,
L'homme, battant de cloche, est seul en son milieu.
La campanule renversée du ciel
Ruisselle de mauve ardent.

ARMELLE ILIOPOULOS

Cloches, clochettes et clochetons, autant de variétés de campanules ! Toutes ont en commun leurs fleurs bleues, tirant parfois sur le mauve. Cinq pétales soudés donnent la forme caractéristique de son calice, arrondi à la base, puis évasé.

Les fleurs sont tantôt rares, disposées de loin en loin sur une tige grêle, tantôt plus rapprochées ou même groupées en bouquet terminal serré et feuillu.

La *Campanula persicifolia,* représentée ici, a des feuilles longues, étroites et pointues rappelant celles du pêcher (*persica* signifiant pêche).

Le nectar de la campanule est un régal pour les insectes, mouches, coléoptères et papillons qui se vautrent dans la coupe profonde de ses calices pour se charger de pollen.

Campanula Persicifolia

La Carotte

Tromperie

Qui se soucie de regarder
La fleur de la carotte sauvage
Au temps des cerisiers ?

Yamaguchi Sodô

Très répandue dans le monde entier, elle fleurit en abondance de juin à septembre. Comme elle n'est ni rare, ni fugace, on oublie souvent d'apprécier sa beauté. Pourtant, sa complexe architecture végétale mérite qu'on s'y arrête : au sommet d'une tige gracile et velue s'épanouit son ombelle aux segments rayonnants comme une rosace géométrique. Chacun de ces segments porte une ombelle identique mais miniaturisée… image de l'infini ! Le disque floral est poudré de fleurs blanches aux pétales irréguliers. Au milieu de cette dentelle, un petit cœur brillant, purpin comme un grenat, peut facilement être pris pour un insecte. Lorsque la fleur arrive à maturité, les segments se rassemblent en un bouquet sphérique, toutes les graines se tournant vers l'intérieur.

Dans *Que ma joie demeure*, Jean Giono contemple en compagnie du berger Jourdan la nuit constellée d'étoiles :

« – Qu'est-ce que tu dis de cette nuit ?

– J'ai jamais vu la même.

– Moi non plus. Orion ressemble à une fleur de carotte. »

Malheureusement, l'expression populaire « Il m'a carotté » fait regretter que le langage des fleurs, peu généreux avec la carotte, lui ait attribué cette signification de tromperie.

Daucus Carota

LA CHÉLIDOINE

Joie à venir

Jusqu'au pied de la maison c'était la même exubérance, la même confusion végétale, allègre, libre, débraillée un peu : les chélidoines, les alliaires, les renoncules bouillonnaient au bas des murs, déteignaient sur leur blancheur chaulée, entre les pans de bois feutrés de mousses et fleuris de lichens.

MAURICE GENEVOIX

La chélidoine appartient à la famille des pavots. Comme eux, elle a quatre pétales mais les siens sont d'un jaune franc. Si l'on coupe sa tige, on voit s'écouler un suc visqueux. Son nom vient du grec *khelidôn*, hirondelle. Dans l'Antiquité, on assurait que les hirondelles soignaient la vue de leurs petits avec ce suc. Au Moyen Âge, la plante, surnommée « grande éclaire », est vouée à sainte Claire d'Assise que l'on priait afin de guérir des maux oculaires. Les apothicaires utilisaient le jus dilué dans de l'eau pour calmer les yeux irrités. Au XVIe siècle, l'alchimiste Paracelse échafauda la théorie dite « des signatures » attribuant à chaque plante une vertu selon sa forme ou sa couleur. La fleur et le suc de la chélidoine étant jaunes, comme la bile, elle devait soigner les problèmes de foie. Il est prouvé par ailleurs qu'elle fait disparaître les verrues.

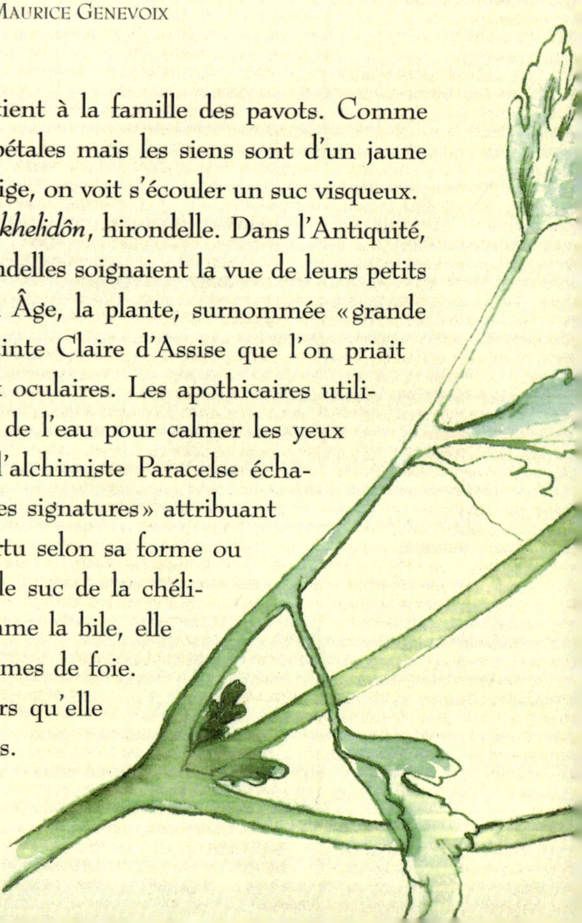

Chelidonium
Majus

LA CHICORÉE

Frugalité

Ouvre ton œil bleu,
fleur des petits matins !
Ta vie est brève
mais tu laisses dans ma mémoire
un petit coin de ciel.

La chicorée se contente de terrains incultes que dédaigneraient d'autres fleurs. Il ne lui faut que du soleil ! Au lever du jour, en été, on peut voir se déplier ses pétales d'un bleu lumineux et pur, finement dentelés à l'extérieur. Hâtez-vous de l'admirer car sa vie est brève ; vers midi, on voit se refermer et s'incliner mollement ses pétales devenus rosâtres.

Dans la chicorée, tout est utile. Les jeunes pousses font d'excellentes salades de fin d'hiver, un peu amères certes, mais qui, mariées à des espèces plus douces comme la mâche ou les pousses de scorsonères, font un mélange délicieux. Les jardiniers en ont tiré toutes sortes de variétés : chicorée améliorée, chicorée barbe de capucin, blanche parce que privée de lumière, touffes de chicorée frisée, si bonne avec des chapons de pain rassis frottés d'ail ! Enfin, n'oublions pas l'endive crue ou cuite qui doit garder un arrière-goût d'amertume pour stimuler l'appétit.

Quant à la racine, séchée et torréfiée, elle peut donner une illusion de café à ceux que la caféine incommode.

Comme la plupart des plantes amères, elle vient au secours des foies paresseux si on la consomme en infusion.

Chicorium Intibus

LE COLCHIQUE

Mélancolie

Pourquoi j'aime tant les colchiques d'automne ?
C'est parce que mon bien-aimé, afin d'en mettre un
à mon corsage, s'est, une nuit, jeté dans l'eau (...)

MARCEL PROUST

Le colchique apparaît dans les prairies en automne. La mélancolie qui accompagne la fin de la belle saison l'environne d'une douce tristesse. Pour le cycle de la nature, en effet, les meilleurs jours de l'année sont passés. Toutes les fleurs vont mourir avec l'hiver qui s'annonce.

Dans les campagnes, on l'appelle également « veilleuse » car la coupe ovoïde formée par ses pétales contient des étamines d'un orange vif qui font penser à une petite flamme brûlant dans une coupe opalescente, comme une lampe au chevet d'un défunt. Le colchique est à classer parmi les plantes très toxiques.

Il faut chercher l'origine de son nom dans l'histoire de Jason et de la Toison d'or qui se déroule en Colchidie.

Colchicum Autumnale

LE COQUELICOT

Sommeil

Reconnaissance

(...) Je pris un durable plaisir à déployer,
avec les délicatesses qu'elle exige, la lingerie
écarlate si soigneusement chiffonnée
des coquelicots, après avoir forcé et disjoint,
devançant l'heure, les deux sépales, incurvés, velus
et verts, pirogues ajustées qui forment son écrin (...)

ROGER CAILLOIS

Les archéologues ont trouvé dans toute l'Europe les traces de cette fleur couleur de flamme qui y a essaimé à partir des régions méditerranéennes. Comme le bleuet, elle tend à disparaître des cultures céréalières, mais il lui reste les talus, les friches, les bords de route où elle pique ses bouquets de joie.

Les enfants confectionnent-ils encore ces charmantes « bamboulas », petites marionnettes réalisées avec la fleur de coquelicot ? Il suffit d'en retourner les pétales vers le bas : ils figurent une jupe rouge, froncée à la taille. On la traverse à ce niveau par une brindille de bois : ce sont les bras ; la touffe d'étamines noires et lustrées ressemble tout à fait à une chevelure frisée !

Dans la mythologie, Perséphone, enlevée par Hadès qui l'entraîne dans son royaume infernal, revient sur terre chaque année sous la forme de cette belle fleur rouge.

C'est à sa signification de reconnaissance que l'on doit la tradition anglaise de porter un coquelicot à la boutonnière le jour de la commémoration de la Seconde Guerre mondiale.

Papaver
Rhœas

LE CYCLAMEN

Sentiments durables

J'étais seul, je m'enfonçai dans les anfractuosités
de la montagne, et de bois en bois, de roche
en roche, je parvins à un réduit si caché
que je n'ai vu de ma vie un aspect plus sauvage.
Là je trouvai la « dentaire heptaphyllos »,
le « cyclamen », le « nidus avis », le grand
« laserpitium » et quelques autres plantes
qui me charmèrent et m'amusèrent longtemps.

JEAN-JACQUES ROUSSEAU

Le cyclamen, qui abonde sur les marchés aux fleurs, est l'une des plantes les plus souvent offertes.

Il est le résultat du travail patient de l'horticulteur qui, tout en lui conservant les caractères de l'espèce sauvage, a considérablement agrandi ses proportions. Si bien que, lorsqu'on a la chance d'en découvrir une colonie à la lisière humide d'un bois, on est tout surpris d'y retrouver la plante d'origine sous forme de miniature (sept à dix centimètres).

Les tiges rougeâtres ou purpurines sortent directement d'un tubercule brun. Recourbées à leur sommet, elles portent des fleurs d'un rose violacé à la forme curieuse, les pétales étant comme retroussés vers le haut. Sur les feuilles, vertes dessus, rougeâtres dessous, figurent toutes sortes de dessins et de marbrures très agréables à l'œil.

Offrir un cyclamen, qui peut rester fleuri plusieurs mois, assure de « sentiments durables ».

Cyclamen
Hederifolium

La Dauphinelle

Guerre

Inconstance

Une branche de fenouil
jonc de corbeil
et beau plantain
cameline, dauphinelle,
cardamine et mon cresson…

Jean Giono

Fine et légère sur sa tige mince, sa corolle bleue dresse son ergot vers le ciel. Sa forme très particulière a inspiré l'imaginaire populaire. On l'appelle « éperon-du-chevalier » ou plus communément « pied-d'alouette ». D'autres, voyant une ressemblance entre son bouton floral et un dauphin en train de nager, l'ont nommée : « dauphinelle ». Poussant plus loin l'analogie, celui qui porte sur lui un sachet de ses graines est censé être préservé de la noyade…

Selon la légende antique, le *Delphinium ajacis*, ou fleur d'Ajax, serait issu d'un épisode de la guerre de Troie : Ajax avait combattu vaillamment sous les murailles de la ville. Lorsque son ami Achille mourut au combat, il demanda à posséder sa cuirasse. Hélas, elle fut donnée à Ulysse dont la langage mielleux avait mieux su présenter la requête. Furieux, Ajax s'en prit à de paisibles troupeaux, massacrant et égorgeant çà et là. Plus tard, regrettant ses débordements, il se frappa avec son épée et le sang qui jaillit donna naissance à la dauphinelle.

Delphinium

Le Dictame

Naissance

Nature au cœur profond sur qui les cieux reposent,
Nul n'aura comme moi si chaudement aimé
La lumière des jours et la douceur des choses,
L'eau luisante et la terre où la vie a germé.

Anna de Noailles

Dans l'Antiquité, la fonction de la déesse Lucine était de veiller aux naissances. Sa chevelure était ornée de bouquets de dictames, d'où le symbole attribué à cette plante dans le langage des fleurs.

Appelée aussi « fraxinelle », elle dresse ses grappes roses ou blanches, striées de pourpre, dans les terrains calcaires et ensoleillés. Son flot d'étamines très longues s'échappe de la corolle et lui donne une silhouette élégante, extrêmement décorative.

La plante sécrète une huile fortement capiteuse qui attire abeilles et bourdons. Ils se vautrent sur le faisceau des étamines et recueillent le pollen sur leur abdomen. Ainsi déchargées, les étamines s'inclinent vers le bas pour mettre au jour le style qui se redresse. C'est le moment où les insectes y déposent leur cueillette, rendant la plante apte à se reproduire. Faut-il y voir une figuration de la fécondité et de la naissance ?

Dictamus Albus

LA DIGITALE

Insincérité

Et les fleurs donc !... De grandes campanules bleues, des digitales pourpres à longs calices, toute une forêt de fleurs sauvages débordant de sucs capiteux !

ALPHONSE DAUDET

Fleur somptueuse mais redoutable, la digitale est une plante vivace qui s'élève dans les clairières. Haute de cinquante centimètres à un mètre, légèrement penchée, elle porte un étagement de corolles jaunes ou rouge sombre, serrées tout au long de sa tige.

La forme gainante de la fleur, qui lui a donné son nom, digitale (doigt), est également soulignée par les dénominations populaires : en français, « gant-de-Notre-Dame », « gant-de-sorcière » ; en anglais *fox glove* (gant de renard), gant de bergère, bien que la logique imparable de Lewis Carroll ait fait remarquer à Alice l'absurdité de ce surnom, les bergères ne portant pas de gants !

Les sorcières en frictionnaient leurs jambes, ce qui leur permettait de voler... La digitale pourpre, très colorée, possède des mouchetures veloutées d'une grande beauté. Il paraît que les abeilles et les bourdons savent déchiffrer ces signes qui les guident dans la recherche du pollen.

Soyez prudents ! la digitale, très vénéneuse, peut être mortelle. Cependant, savamment dosée, elle est utilisée comme tonique pour le cœur.

Digitalis
Purpurea

L'Euphorbe

Je suis pris au piège

S'en donnent-elles les cigales,
Sur les tas de poussière gris,
Dans les oliviers rabougris
Aux imperceptibles fleurs pâles.

Et, sur les euphorbes aussi
Agonisant sur la pierraille,
C'est encore leur voix qui s'éraille,
Dans le pauvre gazon roussi.

Rosemonde Gérard

Une légende nous est contée par Pline, naturaliste romain : Euphorbe, médecin du roi de Libye au Ier siècle avant Jésus-Christ, découvrit les propriétés purgatives du latex qui s'écoule des tiges de cette plante. Enfants, si malgré les avertissements, nous en cueillions, un lait blanc et visqueux coulait sur nos doigts. Les parents se précipitaient : « Ne vous touchez pas les yeux ! » et nous menaçaient de cécité, exagérant sans doute le danger pour éviter la récidive.

La taille des euphorbes peut varier d'une vingtaine de centimètres à celle d'un arbre, en Afrique. Sous nos climats, l'euphorbe « réveille-matin » forme des coupes vert-jaune, d'où sortent trois tiges portant elles-mêmes trois coupes, et ainsi de suite. L'euphorbe « épurge » est violemment purgative. L'euphorbe *characias* est ponctuée de petits yeux de velours brun. L'euphorbe helioscopia suit la course du soleil.

Euphorbia
Helioscopia

LE FENOUIL

Force

L'immortelle et l'œillet de mer
Qui pousse sur le sable
La pervenche trop périssable,
Ou ce fenouil amer

Qui craquait sous la dent des chèvres
Ne vous en souvient-il,
Ni de la brise au sel subtil
Qui nous brûlait les lèvres.

PAUL-JEAN TOULET

Les grandes ombelles aromatiques du fenouil sont largement répandues à l'état sauvage dans le pourtour méditerranéen. Il vous suffit d'en cueillir un bouquet qui, une fois séché, parfumera tous vos plats de poisson. Il est recommandé de le récolter autour du 29 septembre, jour de la Saint-Michel. Ce dernier ayant terrassé le dragon, on peut y voir une corrélation avec la symbolique du fenouil : la force.
En Orient, il est utilisé depuis l'Antiquité. En Asie, on y voyait un antidote aux morsures de serpents et de scorpions. La Grèce antique fêtait Dionysos par le port de couronnes de fenouil. Au Moyen Âge, cultivé dans les jardins botaniques des abbayes, il a pris une grande place dans la pharmacopée. Il est recommandé pour soigner la vue et pour ses propriétés diurétiques et digestives. On lui accorde aussi des vertus aphrodisiaques par action sur le système nerveux.

Athenum Fœniculum

LA FICAIRE

Petite reine

Et même il pouvait distinguer comme ça, dans l'ombre, la ficaire du caltha qui, comme on sait, sont deux fleurs très voisines. Il en disait sans se tromper toutes les caractéristiques les plus secrètes.

JEAN GIONO

L'hiver se termine. Bien que les températures soient encore fraîches, dès la fin du mois de mars on voit apparaître la corolle étoilée, jaune brillant, de la ficaire qui attire l'œil dans les sous-bois. Sans doute, sa couronne dorée, rappelant celle des reines, est-elle à l'origine de sa signification symbolique.

Cette renonculacée, cousine du bouton d'or, est vouée à sainte Catherine de Suède dont on célèbre la fête au moment de sa floraison, le 24 mars.

L'intérieur de ses pétales d'un jaune franc est verni et bordé d'un liseré plus pâle. Leur envers est légèrement plus verdâtre. Sa tige tubulaire est presque transparente. Ses feuilles charnues, aux lignes festonnées, se consommaient au Moyen Âge comme des épinards.

La plante doit son nom à la forme curieuse de ses tubercules renflés comme de petites figues. L'irrévérence populaire, toujours prête à railler l'institution sacrée, l'a surnommée, dans sa verdeur de langage, « couillon-de-prêtre » ou, bien pire, « couille-à-l'évêque ».

Ranunculus Ficaria

LA FUMETERRE

Amertume

La couleur des fleurs
S'est fanée, hélas !
Tandis que, le regard perdu,
Je pense à la fuite de mes jours
Dans la nuit où il pleut sans fin.

ONO NO KOMACHI

Qui voudrait se pencher sur cette mauvaise herbe, croissant de préférence dans les champs cultivés et dans les jardins ? Petite, avec ses feuilles joliment découpées, d'un vert grisâtre, elle porte au sommet de sa tige une grappe de petites fleurs blanches et pourpres. Leur forme inusitée, très fine, mérite une observation attentive. On l'appelle aussi « fleur-de-terre », « fiel-de-terre », « pied-de-géline ».

Olivier de Serres assurait que son suc urticant faisait pleurer les yeux comme la fumée ; d'où son nom.

Bien que vénéneuse, elle entrait autrefois dans la composition d'un sirop aux vertus diurétiques et dépuratives.

Fumaria Capreolata

LE GÉRANIUM

Grande estime

Dis, quel est ton message
géranium sauvage,
entre les pages
d'un album ?

Le *Geranium robertianum,* plus simplement appelé « herbe-à-Robert », est une des plus petites espèces du genre. On le trouve dans les clairières, en bordure des forêts. Ses petites fleurs à cinq pétales, d'un rose pimpant, sortent d'un calice finement velu et strié de pourpre. Les tiges minces sont couvertes de poils ténus et de couleur carminée. Les feuilles forment un ensemble à trois lobes triangulaires, très découpés, et deviennent parfois d'un rouge orangé très vif. Le fruit est allongé en forme de cône. D'ailleurs, une variété voisine a été baptisée « bec-de-grue » ou « bec-de-héron », en raison de sa ressemblance avec l'oiseau cher à La Fontaine. Ce bec a la propriété de se tendre ou de se détendre en formant un arc selon le degré d'humidité de l'air. Autrefois, les enfants s'amusaient à en faire des « montres » en les plantant sur un bouchon. Par temps humide, la courbe se resserrait, par temps sec, elle se tendait, parcourant ainsi une portion de cercle, comme l'aiguille d'une montre. On obtenait de la sorte un hygromètre rudimentaire, mais absolument efficace.

Les géraniums sauvages ont donné naissance à l'une des fleurs ornementales les plus répandues et appréciées pour la gaîté qu'elle apporte à beaucoup de villes et de villages européens.

Geranium Robertianum

LA GESSE

Délicatesse dans le plaisir

Tombée de la branche
Une fleur y est retournée :
C'était un papillon !

ARAKIDA MORITAKE

On est étonné de voir une aussi jolie fleur s'épanouir dans les fourrés, sur des sols calcaires. Aussi belle que le pois de senteur des fleuristes, mais plus charnue et de couleurs plus vives, elle a la forme d'un papillon. D'un rose intense en début de floraison, elle passe ensuite à un bleu de Prusse puissant avant de devenir mauve quand elle est fanée. Des vrilles aux boucles ornementales, qui ont fait le bonheur des dessinateurs, l'aident à s'accrocher aux végétaux voisins qui lui servent de tuteurs.

Lathyrus
Latifolius

LA GIROFLÉE

Fidélité dans l'adversité

(...) Des giroflées ouvraient leur bourse fraîche
du rose odorant et passé d'un cuir ancien
de Cordoue (...)

MARCEL PROUST

Avant de l'avoir vue, on la devine à son parfum pénétrant. Son jaune éclatant se marie parfois à la pourpre sombre qui veine ses quatre pétales veloutés.

Peu exigeante, elle peut se contenter d'un coin de poussière qu'elle trouve dans les interstices des vieilles murailles et des ruines qu'elle égaie de ses touffes dorées.

On raconte à son sujet une bien triste histoire : au pays des fantômes écossais et des antiques châteaux, s'aiment deux jeunes gens. Cependant, le père de la jeune fille lui destine un autre mari. Devant son refus, il l'enferme dans une tour. Le jeune homme projette d'enlever la recluse. Elle doit lui donner son accord en lui jetant une des giroflées qui poussent sur la muraille. Hélas ! se penchant exagérément, elle tombe, morte, au pied de la tour. Désespéré, l'amoureux prend la fleur comme emblème et lui ajoute la devise de « fidélité dans l'adversité ».

Cheiranthus
Cheiri

L'HELLÉBORE

Scandale
Calomnie

(...) La cardamine où va le papillon-aurore,
l'isopyre légère et le noir ellébore (...)

FRANCIS JAMMES

L'hellébore noir *(helleborus niger)* est la fleur de l'hiver. Caché sous la neige, il ne tarde pas à fleurir dès qu'il s'en dégage. C'est la « rose de Noël » qui s'épanouit dès janvier, avec sa coupe opaline d'un blanc rosé. Ne vous fiez pas à son air innocent : elle est vénéneuse et peut être mortelle. Violemment purgative, ainsi que le note Jean de La Fontaine dans sa fable *Le Lièvre et la Tortue* :

« Ma commère, il vous faut purger,
Avec quatre grains d'hellébore »,

elle a été employée en doses étudiées, depuis l'Antiquité, pour apaiser les crises de folie. La légende rapporte que le berger Mélampe, observateur attentif du comportement de ses chèvres qui en avaient brouté, eut l'idée de s'en servir pour soigner les filles du roi d'Argos qui se prenaient pour des vaches ! La réussite fut telle qu'il épousa l'une d'elles, après guérison...
Il existe plusieurs espèces voisines : l'hellébore fétide ou « pied-de-griffon », qui sent mauvais, l'hellébore *viridis*, aux fleurs vertes, l'hellébore blanc ou « vératre »...
Rabelais, fin gastronome, assurait que le gibier tué d'une flèche frottée d'hellébore devenait plus tendre et plus savoureux, mais faut-il prendre au sérieux ce grand mystificateur ?

Helleborus
Viridis

L'HÉPATIQUE

Confidence

La froidure paresseuse
de Yver a fait son temps :
Voici la saison joyeuse
Du délicieux printemps.

La terre est d'herbes ornée,
L'herbe de fleurettes l'est ;
La feuillure retournée
Fait ombre dans la forêt

JEAN-ANTOINE DE BAÏF

L'hépatique est une fleur précoce qui ouvre sa corolle dès le mois de mars dans les bois feuillus de moyenne altitude ou dans les forêts claires de conifères. Son bleu céleste, à peine mauve, donne à l'environnement encore hivernal sa touche de fraîcheur. Une couronne d'étamines claires parachève sa charmante légèreté. Ses feuilles sont découpées en trois lobes de forme arrondie, vertes sur le dessus et d'un brun pourpre en dessous. Celles de l'année précédente persistent tout l'hiver et prennent par rapport aux jeunes pousses vert clair, une tonalité de bronze. On a voulu y voir une ressemblance avec l'aspect d'un foie humain. C'est pourquoi, au Moyen Âge, la « théorie des signatures » a donné à penser que la plante était apte à en soigner les maladies. Aujourd'hui, le seul pouvoir de l'hépatique est de nous séduire et d'éveiller en nous l'espoir d'un printemps nouveau.

Hepatica Nobilis

LE HOUBLON

Prospérité

D'entrée de table il lui offre
(...) salade de cent diversités, de cresson,
de houblon, de nasitorte, d'oreilles de
Judas, d'asperges, de cerfeuil (...)

FRANÇOIS RABELAIS

C'est en s'emparant du moindre support que le houblon finit par constituer le lacis souple mais serré qui bien souvent tient lieu de clôture. Les tiges grimpantes s'enroulent toujours dans le sens des aiguilles d'une montre. Hautes de un à trois mètres pour la variété sauvage, elles peuvent s'élever jusqu'à dix mètres sur de longues perches comme en Alsace ou en Bavière chez le houblon cultivé.

Les fleurs mâles et les fleurs femelles poussent sur des pieds différents. Les secondes donnent naissance à des sortes de cônes vert clair, formés d'écailles disposées en quinconce, à la manière des artichauts ou des pommes de pin. À maturité, ils se couvrent d'une poussière jaune, puis d'un liquide visqueux appelé lupuline. En aromatisant la bière, celui-ci lui donne sa légère amertume et son odeur appétissante.

Les herboristes la prescrivent comme tonique, diurétique et sédatif de l'appareil digestif. Elle est aussi apéritive. Ces vertus participent sans nul doute au plaisir que nous procure un bon verre de bière fraîche.

L'IRIS

Heureuses nouvelles

Nous nous asseyions entre les iris au bord de l'eau. Dans le ciel férié flânait longuement un nuage oisif (...)

MARCEL PROUST

S'il est une plante porteuse de messages, c'est bien l'iris. Dans la légende grecque, Iris était la sœur des harpies, déesses ailées. Sans doute cette famille était-elle douée pour les déplacements rapides puisqu'Iris avait été investie de la fonction de messagère des dieux, intermédiaire entre le ciel et la terre, entre les divinités et les humains.

La fleur de lys qui deviendra l'emblème de la royauté française n'était, à l'origine, qu'un iris. Louis VII, vainqueur d'une bataille qui s'était déroulée dans un champ d'iris jaunes, prit la plante pour emblème. Son image, stylisée, devint la « fleur-de-Louis » et, par déviation, « fleur-de-lys ».

Blanches, jaunes, violettes, bleues avec leurs barbes jaune poussin ou safran, les variétés d'iris sont innombrables. Celle qui est représentée ici est une des plus sauvages, des plus petites, ne mesurant pas plus de dix centimètres. Cette fleur n'est-elle pas une ravissante miniature ?

Iris
Lutescens

LE LISERON

Unissons-nous

(...) J'y vis pour la première fois, sur les marges du chemin, du liseron en fleurs. Ces clochettes ros délicatement rayées de blanc me frappèrent beauco Ma mère m'ouvrait instinctivement et tout naïvem le monde du beau (...)

GEORGE SAND

Le liseron est la plus jolie des mauvaises herbes. Sous son aspect fragile, il est d'une ténacité qui le rend très difficile à extirper. Son nom, *Convolvulus*, vient de *convolvere*, s'enrouler, et c'est ainsi qu'il grimpe sur le support le plus proche.

On compte bon nombre d'espèces sauvages. Les plus répandues sont le liseron des champs qui rampe et porte des fleurs roses ou blanches, et celui des haies, grimpant, et aux corolles nettement plus grandes et blanches.

Les volubilis, espèce cultivée, donnent des corolles atteignant dix ou douze centimètres de diamètre, d'un bleu profond ou d'un rose vif, très ornementales.

Les vrilles du liseron s'enlacent, s'accrochent, se lient les unes aux autres. Il est difficile de les séparer. Telle est leur devise : « unissons-nous ».

Une légende est attachée à la forme de sa corolle, en pavillon. On dit que la Vierge Marie y fit boire une femme épuisée par une trop longue marche et qu'elle en fut rassérénée. Dans l'iconographie du Moyen Âge, le liseron est surnommé « collerette » ou « bonnet de nuit » de la Vierge.

LA LUNAIRE

Rendez-vous ce soir

Lunes d'hiver,
dans les vases, séchées,
frissons de soie
monocles,
pour les jardiniers
du temps passé,
lucarnes
de papier-monnaie.

L'étrange silique de cette fleur participe par sa légèreté décorative à la plupart des bouquets secs. Mais connaissez-vous la fleur printanière qui lui a donné naissance ? De la famille des crucifères (quatre pétales en forme de croix), elle rassemble ses corolles en un bouquet terminal qui hésite entre le rose intense et le violet. De larges feuilles s'étagent sur la tige. À maturité, les graines, d'abord petites et vertes, s'élargissent en disques pâles, légèrement bosselés. Lorsqu'elles sont sèches, il suffit d'une légère pression entre le pouce et l'index pour en détacher les deux valves ; apparaît alors une cloison fine, blanche et lustrée comme une soie chinoise, tendue sur une nervure circulaire, solide bien qu'extrêmement mince. Les graines y sont posées, prêtes à s'envoler au moindre souffle.

On l'appelle « herbe-aux-écus » en souvenir de saint Nicolas qui paya la dot de trois jeunes filles qu'on allait vendre, ainsi que « monnaie-du-pape », Dieu seul sait pourquoi. Il se pourrait que le nom anglais de la plante (*honesty,* honnêteté) soit lié à la clarté du disque translucide qui porte ses fruits.

Lunaria Rediviva

LE LUPIN

Imagination

Entrez, Avril la folle
Qui rit entre ses pleurs,
Mai dont le cœur s'envole
Dans le pollen des fleurs (...)

MARIE NOËL

Bleus, jaunes ou blancs, les grands lupins dressent leurs hampes fleuries dans les landes, à l'orée des bois. La grande variété cultivée donne son caractère aux jardins anglais dont elle est l'ornement favori. Ses feuilles palmées se déploient largement à la lumière, mais quand arrive le soir, elles se ferment, chaque foliole se repliant en deux le long de la nervure centrale.

Le lupin produit des pois ronds et aplatis, connus depuis l'Antiquité. Mis à gonfler dans de l'eau salée, ils redeviennent tendres et se grignotent à l'apéritif dans tous les pays du pourtour méditerranéen. Sont-ils aphrodisiaques comme on le croyait au Moyen Âge, ou bien est-ce un effet de « l'imagination » dont la plante porte la devise ?

La fuite en Égypte de Marie et de l'Enfant Jésus a donné naissance à plusieurs légendes concernant les fleurs. L'une d'elles nous apprend que la Vierge s'était cachée avec son fils dans un champ de lupins. Les soldats romains, lâchés à leur poursuite, avaient sans doute l'oreille fine, puisque le léger bruit des pois dans leur cosse suffit à leur révéler leur présence.

Lupinus

LA MARGUERITE

Préférence

Je ne veux jamais l'oublier
Ma colombe ma blanche rade
Ô marguerite exfoliée
Mon île au loin ma Désirade
Ma rose mon giroflier [...]

GUILLAUME APOLLINAIRE

Il (ou elle) m'aime, un peu, beaucoup, passionnément, à « la folie... pas du tout », et chaque fois, on arrache un pétale blanc au capitule de la marguerite. On aimerait que la fleur oracle ainsi consultée donne la réponse attendue, mais parfois, un dernier pétale vient jeter à bas tout espoir. L'idéal serait que le nombre des pétales réponde à la formule mathématique : multiple de 6 + 3 ou mieux, multiple de 6 + 4, mais surtout pas multiple de 6 + 5, ou pire encore, multiple de 6 + 6 ! Comment le prévoir ? Les marguerites ont-elles toutes le même nombre de pétales ?

En mai, les marguerites piquent leurs capitules blancs aux cœurs jaunes en forme de coussin dans le vert des prairies... tentations de bouquets.

Au Moyen Âge, la marguerite avait, comme aujourd'hui, le sens de « choix ». Si la dame se couronnait de marguerites, on en déduisait qu'elle n'avait pas encore trouvé l'élu de son cœur. Si le chevalier portait deux marguerites sur son écu, cela signifiait qu'il avait été choisi par une dame.

Leucanthemum Vulgare

LA MAUVE

Douceur

En poussant les chevreaux dans la menthe et la mauve,
Nous imiterons Pan, qui charme les oiseaux…
C'est Pan qui le premier, avec la cire fauve
Pour inventer la flûte, assemble sept roseaux…

VIRGILE

Cette plante a pris le nom de sa couleur, mauve. Les différentes variétés ont des fleurs dans les mêmes tonalités, plus pâles, plus soutenues ou plus roses.

La mauve se plaît dans les lieux incultes, les terrains ingrats et secs et pousse jusqu'aux abords des maisons où elle fleurit pendant tout l'été.

Apparentée à la guimauve, à la lavatère, à l'althaea et à la rose trémière, elle présente une structure à cinq pétales bien détachés, terminés par une échancrure ronde. La couleur des pétales est striée de lignes plus sombres. Au centre de la fleur, étamines et pistil forment un gracieux plumet jaune très clair. À l'aisselle des feuilles sont groupés les boutons qui, s'épanouissant à tour de rôle, assurent une constante floraison de juin à septembre.

En raison de ses propriétés émollientes et adoucissantes, le langage des fleurs lui a attribué la signification de « douceur ».

Malva
Neglecta

LA MENTHE

Chaleur dans les sentiments

(...) Le crépitement noir des ceps de vigne,
une maison dorée, des champs de flouves,
les menthes bleues des ruisseaux d'arrosage,
des troupeaux de chèvres allongés
le long des chemins (...)

JEAN GIONO

Hippocrate disait de la tisane de menthe qu'elle est « un breuvage qui incite aux jeux de l'amour ». Dans un sens proche, le dicton populaire rappelle que : « la menthe, l'amour augmente ». Par ses effets stimulants, elle aurait donc une vertu aphrodisiaque.

Ovide raconte que Pluton, marié à Proserpine, devint éperdument amoureux de la jeune Minthe. Pour se venger, l'épouse délaissée métamorphosa Minthe en menthe, la trouvant plus inoffensive à l'état végétal. Décidément, l'Antiquité a fait de ces mésaventures conjugales un véritable jardin !

L'arôme puissant de la menthe lui fait trouver sa place dans les boissons – sirop, thé à la menthe –, dans la cuisine – pour accompagner les nems asiatiques, sans oublier la fameuse sauce à la menthe des Anglais pour relever le gigot – et en confiserie – pastilles, chewing-gum et même chocolat.

Elle égaiera votre jardin de ses feuilles bien vertes et de ses épis roses ou blancs, mais attention, très envahissante et, à sa manière conquérante, toujours signe d'amour, elle prendra peut-être plus de place que vous ne l'aviez prévu !

Mentha
Silvestris

LE MUGUET

Porte-bonheur

Ma cousine est blonde, elle a un nom Ursule
On dirait d'un cher glaïeul sur les eaux
Vivent le muguet et la campanule
Dodo, l'enfant do, chantez doux fuseaux.

PAUL VERLAINE

Le jour du premier mai multiplie dans nos villes, aux carrefours, sur les routes, ces charmants étals où le muguet est proposé en pots ou en brins drapés dans leur cornet transparent. On sait bien que l'initiative commerciale soutient cet engouement, mais qu'importe, on éprouve toujours du plaisir en recevant ce cadeau porteur de bons présages.

La source de la légende du muguet est religieuse. Saint Léonard, ami de Clovis, s'était retiré au cœur des bois où il menait une vie d'ascète. Il fut un jour provoqué par un affreux dragon. Le combat fut féroce et le saint reçut maintes blessures mais, à chaque goutte de son sang tombée à terre, poussaient et fleurissaient les fleurs blanches du muguet. Allez chercher le muguet dans les bois ; ses clochettes sont ravissantes, parfumées et aujourd'hui... il n'y a plus de dragons !

Convallaria
Majalis

LE MYOSOTIS

Ne m'oubliez pas

Je me demandais
Ce qui pourrait servir de graine
À l'« herbe d'oubli » ?
Et voici que c'était le cœur
D'une personne cruelle.

LE MOINE SOSEI

« Souviens-toi de moi », « Ne m'oublie pas », ce sont les mots que murmure cette plante discrète, si petite, si frêle, qu'elle prend naturellement place entre les pages d'un livre, entre les plis d'une lettre, pour rappeler sa tendre recommandation.

On découvre son petit œil bleu au printemps, à la lisière des bois, sur les berges des ruisseaux. Elle figure dans tous les herbiers.

Une légende germanique raconte ainsi son histoire : un chevalier longe les rives du Danube en compagnie de sa dame. Cette dernière aperçoit au bord de l'eau une touffe de myosotis qu'elle convoite. Le chevalier, qui lui est tout dévoué, entre dans le fleuve, cueille le bouquet mais, entraîné par le poids de son armure, il ne peut résister au courant qui l'emporte. Tendant alors les fleurs à sa mie, il lui dit : « Ne m'oubliez pas… », avant d'être englouti.

Myosotis Sylvatica

LE NARCISSE

Égoïsme

Amour de soi

Chaque semaine,
le jeune homme allait y tailler le cyprès,
y planter le jasmin, y respirer l'ambre et la muse.
Le narcisse dentelait sa blanche cupule,
la violette inscrivait son message sur le gazon.

NIZAMI

Avril est là. Des bulbes que vous avez eu soin de planter en automne jaillissent les tiges droites, aplaties des narcisses. Coudées à leur sommet, elles portent une unique fleur qui semble sortir d'un petit cornet de papier froissé. Le *Narcissus poeticus*, narcisse des poètes, entoure de ses six pétales blancs une couronne centrale jaune, godronnée, liserée d'orange. Le *Narcissus pseudonarcissus*, autrement dit la jonquille, est entièrement jaune avec une couronne plus longue, en forme de trompette. Le beau poème de Wordsworth, appris en classe d'anglais, ne peut pas s'oublier. Narcisse est dépeint par Ovide dans ses *Métamorphoses* comme un très beau jeune homme, traînant après lui les cœurs des nymphes et particulièrement celui de sa cousine Écho. Indifférent, car il n'aimait que lui-même, il fut fasciné par le reflet de sa propre image dans l'eau et en tomba amoureux. Pour le punir, Cupidon le transforma en fleur et lorsque les nymphes approchèrent de la fontaine, elles ne trouvèrent qu'un bouquet solitaire.

Narcissus Tazetta

LA NIGELLE

Perplexité

Je sèmerai les nigelles quand, dans le jardin-de-demain, auront pris, auront repris place le songe, le projet et le souvenir (...)

COLETTE

Délicate, aérienne, la nigelle bleutée s'entoure d'une collerette de bractées finement dentelées, au centre desquelles elle semble se voiler.

En langue anglaise, son surnom tellement imagé, *Love-in-a-mist* (l'amour dans le brouillard) explique le sens de perplexité qui lui est attribué.

Le fruit de la nigelle, capsule en forme de pyxide couronnée de cinq petites cornes, a une forme si originale qu'on en compose des bouquets secs. À l'intérieur, une multitude de petites graines noires (du latin *nigella*, noir) ont donné leur nom à la plante.

Autrefois, les graines de nigelle étaient utilisées dans la cuisine à la place des graines de cumin.

L'ŒILLET

Amour vif et pur

Regardant la lande
Je vois que tous les œillets
Sont en fleur.
L'automne que j'attends
Semble enfin s'approcher.

ANONYME

Les déesses, on le sait, peuvent être cruelles ! Diane, convoitant les beaux yeux d'un jeune berger, les lui fit arracher. Peu après, lasse de jouer, elle les jeta au bord du chemin. Comme pour faire oublier une action aussi horrible, une plante en sortit qu'on appela « petit œil », œillet. Les œillets des fleuristes, très fournis en pétales dentelés, blancs, roses, rouges, parfois jaunes, parfois tigrés, sont nés de ces souches sauvages. La même morphologie s'y retrouve : tiges noueuses, feuilles longues parfois enroulées, vert bleuté, longs calices gainant la corolle, pétales aux fines dents pointues. Les variétés botaniques, beaucoup plus simples, allant du rose pâle au presque rouge, ont un parfum poivré d'une grande subtilité. On trouve dans la nature l'œillet de France, l'œillet couché, l'œillet velu, l'œillet des chartreux, représenté ici et, le plus beau de tous, le *Dianthus superbus,* « œillet superbe », aux pétales échevelés, si cher à Jean-Jacques Rousseau.

Tous ces œillets portent la dénomination de *Dianthus,* provenant du grec « Dios anthos » – fleur de Zeus.

Dianthus
Carthusianorum
Dianthus
Superbus

L'ORCHIS

Beauté suprême
Érotisme

J'avais perdu de vue le bourdon, je ne savais pas s'il était l'insecte qu'il fallait à l'orchidée, mais je ne doutais plus, pour un insecte très rare et une fleur captive, de la possibilité miraculeuse de se conjoindre.

MARCEL PROUST

Sait-on qu'il existe dans la nature des orchidées sauvages qui égalent en beauté celles devant lesquelles on s'extasie chez les fleuristes ? Le velours de leurs pétales, découpés, lacérés, la préciosité de leurs taches, de leurs mouchetures, la somptuosité de leurs couleurs, blanc nacré, satiné, mauve ou lie-de-vin, en font les plus belles fleurs spontanées. Étranges, riches et raffinées, dotées de ressemblances surprenantes avec des insectes inquiétants, elles répandent un parfum subtil et troublant.

L'orchidée doit son nom au rapprochement entre ses doubles tubercules et une partie anatomique masculine (du grec *orkhis*, testicule). Elle était consommée, dans l'Antiquité, macérée dans du lait de chèvre. Chaque année, l'un des tubercules épuise ses réserves pour nourrir la plante tandis que le second se gorge de matières nutritives en prévision du printemps suivant. Aussi croyait-on que l'homme qui mangeait un jeune tubercule donnerait la vie à un garçon et que la femme qui mangeait un vieux tubercule accoucherait d'une fille…

Orchis Purpurea

L'Origan

J'en rougis

J'ai de Bellot un tortis d'amaranthe,
De marjolaine et de passe-velours
De pouliot de narcisse et d'acanthe,
Ce beau présent sera pour mes amours.

Rémi Belleau

L'origan, ou marjolaine sauvage, doit plutôt sa réputation à son parfum qu'à sa beauté. La plante, assez maigre, porte des sommités fleuries formées de petits épis serrés les uns contre les autres. Les fleurs, toutes petites, sont d'un rose fané, presque blanc.

La légende nous le présente sous les traits du jeune Amaracus qui, faisant partie de la suite du roi de Chypre, avait la haute main sur le service des parfums. Pour avoir brisé un vase d'odeurs très précieux, il fut changé en cette fleur parfumée qui abonde sur les collines calcaires des bords de la Méditerranée.

Un proverbe gitan assure qu'il porte chance aux amoureux. Il est vrai que, dans l'Antiquité, on en couronnait les mariés.

La plante, émiettée après avoir été débarrassée de sa tige ligneuse, donne à la pizza tout son caractère. Elle est aussi l'alliée des sauces à base de tomates en Provence, en Italie et dans toute la cuisine méditerranéenne.

Organum vulgare

L'Ornithogale

Votre vue est source de joie

Belle endormie,
tu es l'étoile de Noël
tombée du ciel au printemps.

Tôt dans la saison printanière on voit apparaître les étoiles blanches de l'ornithogale, au milieu d'une touffe de feuilles étroites, sortes de lanières vertes creusées d'un fin sillon blanchâtre. Vus à l'envers, les pétales sont marqués d'une fine bande vert clair soulignée de deux bordures blanches.

La légende dit que l'ornithogale a été cueilli au firmament par l'archange Michel, qui le planta en terre, donnant naissance à une espèce botanique nouvelle appelée « étoile-de-Bethléem ».

L'ornithogale en ombelle figure dans la fameuse horloge florale de Linné car, très sensible à la lumière, il ne s'ouvre qu'à onze heures du matin. C'est pourquoi on le surnomme aussi « dame-d'onze-heures ».

Ornithogalum

L'Ortie

Cruauté

D'autre côté Madame Ortie
Qui veut être de la partie
Avec son cousin le chardon
Vient citer une médisance
D'une jeune fleur de melon
À qui l'on voit enfler la panse.

François Tristan L'Hermite

Les piqûres de l'ortie, dues à ses poils urticants, sont redoutables. Elles rougissent la peau, y font des boursouflures et provoquent des démangeaisons durables.

La grande ortie *Urtica dioica* a des feuilles nettement découpées en dents de scie, qui n'annoncent rien de bon. Cependant, ses fleurs verdâtres, en forme de chatons, retombent avec une certaine grâce.

Autrefois, dans les campagnes, on affirmait que les piqûres d'orties étaient souveraines contre les rhumatismes. Pour illustrer cette croyance, on racontait qu'un vieux grand-père, péniblement courbé, perclus de douleurs et vacillant, était tombé dans un massif d'orties et s'en était aussitôt relevé, droit comme un jeune homme et jetant au loin sa canne dans un mouvement vif et aisé. Comme ce serait bien… si c'était vrai !

Les orties sont souvent citées dans l'Ancien Testament, symboles de ruine et de malfaisance. Les effets vindicatifs de la plante l'ont associée à la planète Mars. Ne nous étonnons pas qu'elle parle le langage de la guerre et de la cruauté.

Urtica
Membranacea

L'Oxalis

Vous allez trop loin

Le jardin croît, les fleurs se colorent, nos arbres
Mêlent leur ombre bleue à la blancheur des marbres,
Leurs rameaux enlacés font un arc verdoyant,
Et l'aimable rucher bourdonne en te voyant (...)

André Lamandé

C'est à Pâques, lorsque le coucou se fait entendre, que l'on voit apparaître l'oxalis, pas plus haut que dix ou quinze centimètres, et que l'on nomme aussi « pain-de-coucou ». Surtout, que sa feuille trilobée ne vous le fasse pas confondre avec le trèfle ! Sa fleur délicate est tout à fait différente avec ses cinq pétales blancs veinés de mauve. Portée par une tige rose vif, elle se tient légèrement penchée vers le sol. Avide de lumière, elle ne s'ouvre qu'au milieu du jour. Par temps couvert, elle pend, tandis que sa feuille se replie comme le ferait un parapluie. Les graines ont une curieuse façon de se propager : à maturité, la capsule éclate et les projette à une distance qui peut sembler considérable (allant parfois jusqu'à un mètre) pour une plante aussi menue. Ajoutons à cela que sa racine grêle est traçante et permet à la plante de s'étaler. En somme, ce végétal, malgré son apparence fragile, a de bons atouts de survie.
La tige de l'oxalis a une saveur acidulée. C'est pourquoi, on l'a surnommé « surelle » (de *sur*, acide) et « petite oseille », pour la même raison, mais il ne faut pas le confondre avec l'oseille véritable, *Rumex acetosa*.

Oxcalis Acetosella

LA PÂQUERETTE

Innocence

Un papillon blanc qui voltige,
Un coup d'œil au hasard jeté,
Vous fait surprendre sur sa tige
La fleur dans sa simplicité.

THÉOPHILE GAUTIER

La pâquerette, comme l'indique son nom, fleurit à l'époque de Pâques. Si le climat est doux, elle peut encore s'épanouir à l'automne et même au-delà. C'est l'une des fleurs préférées des enfants. Petite sœur de la marguerite, la pâquerette possède une couronne de pétales étroits, encerclant un cœur jaune et bombé. Chacun de ces pétales se termine par une touche de rose vif. Elle pousse par touffes dans un nid de feuilles rondes, vertes et veloutées. Les boutons, presque sphériques, aux sépales serrés, laissent apercevoir leur carmin. Simplicité, gentillesse et gaîté, c'est pour tout cela que nous l'aimons.

LA PENSÉE

Souvenir

Vous qui suivez l'Amour, dont le feu vous égare,
Ne jetez point les yeux sur un objet si rare ;
C'est avecque respect qu'il faut en approcher :
Quoi que de ses beautés votre âme soit blessée,
Apprenez que les mains n'ont point droit d'y toucher,
Et que cet heur n'est dû qu'à la seule pensée.

M. COLETTET

En vous tendant cette fleur, on vous dit : « Je vous offre une pensée » et, plus tendrement encore : « Ma pensée va vers vous ». Un même mot pour la fleur et pour le sentiment la désignait d'emblée pour être la messagère de la correspondance sentimentale. Sur les cartes postales de la fin du siècle dernier, les pensées apparaissent arrangées dans des corbeilles, escortées de jolies dames plus ou moins vêtues, illustrant la photographie d'une gare provinciale avec l'inévitable mention « Une pensée de... ». On en goûte aujourd'hui encore le charme désuet.

De la même famille que la violette, la pensée, ou *Viola tricolor,* a la particularité d'alterner trois couleurs sur sa corolle, d'où son surnom de « fleur-de-la-trinité », que conforte la forme triangulaire de son cœur. On la trouve sur les anciennes images pieuses, entourée de papier dentelle. Mais l'œil malicieux de Colette y a vu une autre ressemblance : « Je n'aurai de pensée que celle qui ressemble, barbe et moustache, à Henri VIII. »

Autrefois parfumées, dit-on, les pensées auraient choisi d'abandonner leur senteur afin d'éviter d'être cueillies.

Viola tricolor

LA PERVENCHE

Fidélité en amitié

Fleurs couleur bleue
bouches endormies
sommeil des profondeurs

Vous pervenches
en foule
parlant d'absence au passant.

PHILIPPE JACCOTTET

Sont-elles bleues, ou mauves, ces pervenches dont le nom qualifie souvent la teinte tendre des yeux ? Fleurs de printemps, elles étalent leurs tiges rampantes dans l'herbe des bois ombragés. Les feuilles pointues, vertes en toute saison, rayées d'une nervure centrale claire, sont opposées deux à deux. La fleur apparaît sur les tiges dressées. Le calice, d'abord en forme de tube légèrement évasé, se découpe en cinq lobes dissymétriques qui lui donnent l'aspect des petits moulinets de papier que l'on achète pour les enfants et qui tournent au vent.

Le langage populaire lui a donné les surnoms de « bergère », « herbe-à-la-capucine », « petit pucelage », et enfin « violette-de-sorcière », car elle figurait dans la composition des philtres magiques. Très attachée à la botanique, Colette n'a-t-elle pas appelé Vinca (pervenche) la jeune héroïne si droite et si intacte de son roman *Le Blé en herbe* ?

La marquise de Sévigné recommandait à sa fille l'infusion de pervenche car elle était réputée souveraine contre la bronchite.

Vinca
Major

LE PISSENLIT

Oracle rustique

Les pissenlits amers et laiteux des prairies
s'espacent, et l'arbousier donne ses fades fruits
aux lèvres des tendres petites filles.

FRANCIS JAMMES

Inutile de se demander pourquoi le pissenlit a été surnommé « dent-de-lion », car la feuille découpée en dents pointues fait immanquablement penser à celles du grand carnassier !
Les prairies grasses du mois d'avril ou de mai sont piquées de ses fleurs jaune franc, aux languettes touffues. Issues d'une rosette de feuilles vertes nervurées de mauve à la base, elles s'élèvent sur une tige lisse, droite et tubulaire. Comme les petits boutons ronds, sans pédoncules, blottis au cœur de la plante, sont jolis à voir ! (et à manger !) N'attendons pas qu'ils soient devenus grands pour en faire une bonne salade croquante, un peu amère mais si appétissante !
Arrivéé à maturité, la fleur se transforme en une sphère étoilée de minuscules graines sur lesquelles les enfants prennent un grand plaisir à souffler.

Taraxacum

La Primevère

Candeur

Les coucous éclataient de loin en flaques de soleil liquide. On avait envie d'y courir et d'y plonger les jambes au passage. Plus basses, presque cachées dans l'herbe, d'autres fleurs bleuissaient doucement ; on aurait dit des traces de lune qu'avait oubliées la nuit (...)

Maurice Genevoix

Après l'interminable hiver froid et gris, la neige commence à fondre et, miracle, apparaissent les touffes jaune clair des primevères. Est-ce parce qu'elles coïncident avec le premier chant de l'oiseau qu'on les a appelées « coucou » ?
Les fleurs fraîches et simplettes forment un bouquet entouré de feuilles allongées, crêpelées, à blanche et forte nervure centrale. Cette fleur annonçant le printemps, on ne s'étonnera pas qu'en italien printemps se dise *primavera*.
Une légende allemande nous raconte que saint Pierre, un jour qu'il était bien occupé, laissa tomber ses fameuses clés sur la terre. Aussitôt, des touffes de primevères jaillirent du sol où elles avaient aussitôt pris racine. Cet événement serait à l'origine de leur surnom : « petites clés du paradis ».
Aujourd'hui, alors que la saison froide dure encore, on vend sur les marchés des primevères cultivées aux teintes multicolores très vives : jaunes, rose bonbon, violettes. Leur gaîté est porteuse d'espoir dans la maison et prélude à la fin de l'hiver.

Primula Elatior

LA PULMONAIRE

Changement

Dans les bois vous trouverez la pulmonaire
dont la fleur est violette et vin, la feuille vert-
de-gris, tachée de blanc, poilue et très rugueuse.
Il y a sur elle une légende pieuse (...)

FRANCIS JAMMES

Fleur des sous-bois, la pulmonaire se plaît à l'ombre des forêts de feuillus. On remarque, dans l'herbe nouvelle, ses petites fleurs d'abord rouges quand elles viennent de s'ouvrir, puis virant au bleu violacé au fur et à mesure de leur développement. Elles passent ainsi par toutes les nuances intermédiaires. C'est ce qui fait la beauté de cette fleur modeste.

Toute la plante est recouverte de poils rêches et ses feuilles sont marbrées de taches blanches. Autrefois, on a voulu y voir une ressemblance avec l'aspect du poumon, ce qui, en vertu de la théorie dite « des signatures », lui a valu son utilisation médicale.

Les graines de la pulmonaire tombant sur le sol sont particulièrement du goût des fourmis qui les emportent et les dispersent, assurant ainsi sa reproduction.

Pulmonaria
Officinalis

LA RAVENELLE

Tu me fais pleurer

Nul parure printanière,
Nul sourire aux fraîches couleurs,
Sous les chapeaux de paille à fleurs,
N'enchantent plus notre lumière.

PIERRE CAMO

La ravenelle appartient à la famille des crucifères (quatre pétales en croix). C'est la cousine des radis roses, radis noirs, raves, auxquels elle doit son nom.
Il est difficile de faire la différence entre la ravenelle et la moutarde, tant elles se ressemblent. La moutarde a des fleurs jaunes, tandis que celles de la ravenelle peuvent être jaunes, blanches ou lilas pâle, mais avec des veinules plus foncées. Leur habitat peut donner une indication, car si la ravenelle préfère les sols siliceux granitiques ou argileux, la moutarde se développe dans les terres calcaires.
Toutes deux sont très mellifères. Elles attirent les abeilles et les papillons, particulièrement la famille des piéridés, jaunes ou blancs. Les graines, petites et très nombreuses, sont alignées en chapelets dans de longues gaines. Les ravenelles ont un goût piquant comme celui des radis, surtout du radis noir. Elles ont des propriétés stimulantes et apéritives.

Raphanus
Raphanistrum

LA RENONCULE

Tu es belle

Puis on rejoignait le fleuve, sur les bords duquel des boutons-d'or sont par milliers descendus dans la prairie (...)

MARCEL PROUST

La coupe jaune de la renoncule brille dans les endroits humides, les prairies, les bords de cours d'eau, et sa fraîcheur fait notre admiration. Elle ressemble fort à son parent proche, le bouton-d'or, mais sa fleur est un peu plus grande et ses feuilles plus échancrées.

L'intérieur des cinq pétales est comme verni et une couronne d'étamines, également jaune, entoure un cœur vert.

Les membres de cette famille nombreuse ont souvent des noms amusants, tels que « grenouillette » (fleur d'eau au voisinage de la grenouille), « bassin-d'or », « bassinet », « petite flamme », « flaminette », mais aussi d'autres plus inquiétants comme « renoncule scélérate » ou « mort-aux-vaches » car, malgré un air innocent, la renoncule est vénéneuse et dangereuse pour le bétail. La dessiccation lui faisant perdre sa toxicité, on peut tout de même en nourrir les animaux sous forme de foin sec.

Depuis longtemps, les horticulteurs ont transformé la petite renoncule sauvage à cinq pétales en une fleur « double » aux pétales nombreux, de toutes les nuances de jaune, mauve, lie-de-vin, blanc et rose qui sont d'une grande beauté. C'est ce qu'affirme sa symbolique : « Tu es belle » !

Ranunculus Nemorosus

LE RÉSÉDA

Vos qualités égalent vos charmes

Le ciel est souvent noir, ou alors bleu marine sombre, mais l'impression qu'on en reçoit est celle qu'on recevrait du noir ; sauf à l'époque où fleurit un réséda sauvage dont l'odeur fine est si joyeuse qu'elle dissipe toute mélancolie.

JEAN GIONO

Si, au hasard de vos promenades, vous découvrez au bord d'un champ, parmi les mauvaises herbes, la grappe légère du réséda, faites-lui une place dans votre herbier. Son épi de petites fleurs, sa feuille découpée y feront un effet des plus décoratifs. Les fleurs du réséda peuvent être blanches ou jaunes et nombre de ses espèces vivaces occupent le bassin méditerranéen.

Le réséda odorant, évoqué ici par Jean Giono, a des fleurs verdâtres et exhale un parfum particulièrement pénétrant. On lui attribue les jolis surnoms de « mignonnette » et d'« herbe d'amour ».

La plus grande espèce de la famille peut atteindre un et même deux mètres. Elle est connue sous le nom de « gaude ». Elle est aussi appelée plus prosaïquement « réséda des teinturiers » car, au XIXe siècle, elle servait, après macération, à teindre les étoffes en jaune. Qui veut essayer ?

Reseda Lutea

LA SAPONAIRE

Propreté

Au bord de la rivière, les vernes à la feuille froide
protègent la reine-des-prés, le chanvre rose
et la saponaire, si mêlés qu'on cueille ensemble
leurs tiges amères et leur bouquet, un bouquet
un peu fade, blanc, rose et mauve (...)

COLETTE

Saponaire, « savonnière », « herbe-à-savon », autant de noms qui proviennent du latin *Saponis*, savon. En effet, les feuilles et les fleurs de cette plante contiennent de la saponine qui produit de la mousse au contact de l'eau et émulsionne les saletés grasses comme le ferait le savon d'aujourd'hui.

Dioscoride, médecin grec du Ier siècle, relate qu'elle servait au lavage des lainages et des tissus noirs qu'elle empêchait de verdir à l'usage. En Provence, ce type de lavage se pratique encore sur des étoffes délicates ou des dentelles noires.

Appelée également « herbe-à-foulon », elle était employée, comme son nom l'indique, pour préparer les tissus avant la teinture et les rendre plus perméables à la couleur.

Cette plante dépurative, qui dissout les graisses, a été utilisée contre la goutte et les affections rhumatismales sous forme d'infusions ou de sirops, souvent associée à la pensée sauvage. Signalons cependant que sa racine est toxique.

Saponaria Officinalis

LA SAUGE

Santé

Il est loin, le jardin d'été où sont les sauges,
où près des tomates écarlates et des roses,
tombait le triste et blanc calme des dimanches chauds.

FRANCIS JAMMES

Qualifiée d'« herbe sacrée » par les Anciens, la sauge a pris une place prépondérante dans la pharmacopée du Moyen Âge, en grande partie sous l'impulsion des moines bénédictins et de leurs jardins de simples composés de plantes médicinales.

La sauge fait partie de ces fleurs peu exigeantes qui poussent dans les sols arides. Son nom, *Salvia*, vient de *Salvare*, sauver, d'où sa réputation salutaire. En effet, on lui accorde le pouvoir de guérir à peu près tous les maux. De plus, son goût est agréable, aussi bien en infusion qu'en cuisine où elle est utilisée pour aromatiser le porc, le gibier et la charcuterie.

La légende raconte qu'au cours de sa fuite en Égypte, la Vierge cacha l'Enfant Jésus dans une touffe de sauge. En reconnaissance, toutes sortes de vertus médicinales lui furent attribuées.

Salvia Silvestris

LA SCABIEUSE

Veuvage

(...) L'étroit marais fleuri où l'eupatoire, le statice et la scabieuse apportent trois nuances de mauve (...)

COLETTE

Pâles fleurs d'un violet mourant, est-ce pour cela que vous êtes liées au veuvage ? En Alsace, on vous appelle « fleur-des-veuves ». Mais vos couleurs ont peut-être un autre sens : la scabieuse colombaire est de cette teinte presque grise qu'on voit au poitrail des pigeons, d'où son nom, (de *columba*, pigeon).

De mai à septembre, un peu partout en Europe, sur les terrains secs, elle agite au vent son capitule léger, bombé au centre et couronné de petites corolles découpées comme de la dentelle.

Attendons l'automne pour nous pencher sur l'étrange forme de ses graines, imbriquées en un ensemble ovoïde, telles qu'un mathématicien aurait pu les concevoir.

Scabiosa Columbaria

LE SILÈNE

Orgueil

(...) Le peuple charmant des petites fleurs minces, myosotis et silènes, narcisses et pâquerettes printanières (...)

COLETTE

La corolle blanche du silène, avec ses cinq pétales échancrés en forme de cœur, s'échappe d'un calice dont la forme particulièrement ventrue est à l'origine de son nom. En effet, chez les Grecs, Silène, dieu des sources et des fleuves, avait nourri Dyonisos enfant. Gros mangeur et davantage encore buveur, le sage éducateur était devenu d'une corpulence extrême. Son ventre énorme est représenté sur les vases grecs d'une manière caricaturale. Tel apparaît le calice de cette fleur ; une outre vert clair, presque sphérique, parcourue de lignes plus sombres, parfois violacées.

Lors de sa floraison printanière, les enfants se livrent à un jeu très simple qui accompagne leurs courses dans les prés. Cueillant d'une main une fleur de silène, ils serrent la petite outre au niveau de son ouverture afin qu'elle soit hermétique et que l'air contenu ne puisse s'échapper. Ceci fait, ils la tapent sur le dessus de leur poing gauche bien serré, d'un mouvement vif . Le calice alors explose avec un bruit sec, et les enfants recommencent avec la fleur suivante. Il ne faut toutefois pas attendre que le fruit dur soit formé à l'intérieur de l'outre, car la petite explosion, si réjouissante, ne pourrait se produire.

Silene
Vulgaris

LE SOUCI

Soucis, chagrins, je suis votre ombre

Si l'on vous donne un lys, un œillet, une rose,
Je veux vous présenter aussi
Un triste et languissant souci :
Le sort ne me laisse autre chose.

MARQUIS DE MONTAUSIER

Le nom scientifique du souci des champs est *Calendula arvensis*, le mot latin *calendae* désignant le premier jour de chaque mois chez les Romains. Nous renverrait-elle « aux calendes », cette plante, ou plus simplement à cet objet usuel qu'est le calendrier, s'associant ainsi à l'écoulement du temps ?
L'origine de son nom, *solsequim,* qui a donné souci, signifie « qui suit le soleil ». La plante peut tenir lieu d'horloge naturelle : les fleurs, ouvertes dès les premiers rayons, se ferment dès que la lumière baisse vers la fin de l'après-midi.
Les pétales du souci sauvage forment une couronne de languettes étroites, beaucoup plus simple que les soucis des jardins et de couleur plus pâle. Les feuilles et les tiges, doucement velues, sont d'un vert pâle. Les fruits, formés d'éléments en arc munis de crêtes, offrent un aspect tout à fait curieux.
Vous trouverez le souci sauvage en bordure des champs cultivés, mais il se plaît aussi beaucoup dans les vignes.
La mode a réintroduit une coutume ancienne qui consiste à parsemer les salades vertes d'une pluie de pétales de soucis : effet coloré et ornemental assuré !

Calendula Arvensis

LE TRÈFLE

Blanc : pensez à moi
Rouge : application
À quatre feuilles : chance

Le destin fatigué des âmes qui s'effeuillent,
Cherche dans le gazon, le trèfle à quatre feuilles ;
« Quel beau soir de printemps » s'écrient
toutes les fleurs (...)

Et pour mieux s'emparer des rêves sans défense,
L'amour, avec un air d'inventer une danse,
Entre dans les jardins sur la pointe du cœur.

ROSEMONDE GÉRARD

Le trèfle appartient à la mythologie irlandaise : saint Patrick l'aurait utilisé pour expliquer la Sainte Trinité, les trois lobes verts ne formant ensemble qu'une seule et même feuille. Les lobes des feuilles de cette plante vivace peuvent être soit en forme de cœur, soit pointus ; ses fleurs sont semblables à des pompons blancs, roses ou incarnats. C'est une plante fourragère qu'on rencontre dans les lieux humides et frais, et qui n'aurait peut-être pas retenu l'attention s'il n'avait existé, en raison d'une anomalie de la nature, le trèfle à quatre feuilles ! Naturellement, ce dernier est très rare car il échappe à la règle de l'espèce. On le cherche parfois très longtemps sans succès, mais celui qui le trouve y voit le signe de la chance. Encore faudrait-il, pour une meilleure efficacité, le cueillir à genoux, avec les dents, une nuit de pleine lune !

Trifolium Pratense

LA TULIPE

Rouge : déclaration d'amour

Jaune : renommée

Floraisons sylvestres, petites anémones des prés,
freesias des jardins, et la seule tulipe svelte,
si jeune, vaniteuse un peu (...)

RAINER MARIA RILKE

Rares sont aujourd'hui les lieux où l'on peut découvrir les tulipes sauvages, jaunes ou rouges, qui poussaient autrefois dans les champs de blé et les vignobles. Les moyens modernes de culture en ont « débarrassé » les champs, donnant ainsi des regrets aux botanistes et aux poètes.

La tulipe, originaire du Proche-Orient, nous est venue de Turquie, importée par l'ambassadeur de Ferdinand Ier de Habsbourg, en 1554.

Il n'est que de regarder attentivement les miniatures qui représentent des jardins persans pour se rendre compte de la place ornementale que les tulipes y tenaient. Importées aux Pays-Bas au milieu du XVIe siècle, les tulipes y trouvèrent un climat et une terre favorables et s'y développèrent rapidement. Aussitôt, l'Europe fut saisie d'engouement pour cette fleur.

À partir des bulbes importés, les jardiniers créèrent une infinie variété de formes et de couleurs. Le prix des bulbes devint astronomique, et chacun participa à cette « tulipomanie ». Cette passion qui mena certains à la ruine fut décrite par La Bruyère dans sa collection de *Caractères*.

Tulipa
Silvestris

LA VÉRONIQUE

Votre image est gravée dans mon cœur

[...] Et je te les tendrai ma tendre ces jacinthes
Ces lilas suburbains le bleu des véroniques [...]

LOUIS ARAGON

Les véroniques ? encore une famille nombreuse, répandue dans toute l'Europe ainsi qu'en Asie. La petite fleur d'un bleu délicat, presque blanc, est marquée de lignes foncées en faisceau. Les quatre pétales sont d'inégale dimension, le pétale supérieur plus grand, le pétale inférieur plus petit. La corolle ne comporte que deux étamines relevées en courbe et très apparentes. Les mouches et les petits coléoptères viennent y cueillir du pollen.

La fleur a été baptisée du nom de la femme pieuse qui essuya le visage du Christ montant au calvaire, dont l'image resta imprimée sur l'étoffe. Les linéaments inscrits sur les pétales de la véronique nous disent : « Votre image est gravée dans mon cœur. »

Veronica Persica

LA VIOLETTE

Modestie

Mon petit chapeau de velours
Semble une immense violette
Il n'a ni plume, ni houpette,
C'est le plus simple des atours ;

N'ayant pas même une voilette
Pour dissimuler ses contours,
Mon petit chapeau de velours
Semble une immense violette.

ROSEMONDE GÉRARD

Délicate fleur parfumée des haies et des bois, la violette apparaît à demi cachée entre ses feuilles festonnées. Sa fine tige se dresse puis fait un coude, comme pour abaisser vers le sol la fleur qu'elle porte, symbole de modestie.

Appréciée dans l'Antiquité, distinguée par Pétrarque, semée ici ou là dans l'œuvre de Shakespeare, elle était, à la Belle Époque, piquée en bouquets ronds sur les manchons et les toques de fourrure. La petite histoire raconte que lorsque Bonaparte rencontra Joséphine de Beauharnais, elle portait un bouquet de violettes qu'elle lui tendit. Devenu empereur, il reçut de ses grognards le surnom de « Caporal la violette ».

La plante est utilisée en pharmacologie et la façon la plus poétique de soigner un mal de gorge est d'ajouter la fleur séchée au traditionnel quatuor de fleurs pectorales : coquelicot, mauve, tussilage, pied-de-chat, utilisé en tisane.

Viola Odorata

La Vipérine

Paroles amères

Que me veux-tu, chère fleurette,
Aimable et charmant souvenir ?
Demi-morte et demi-coquette,
Jusqu'à moi qui te fait venir ?

As-tu pour moi quelque message ?
Tu peux parler, je suis discret.
Ta verdure est-elle un secret ?
Ton parfum est-il un langage ?

Alfred de Musset

Le toucher de la vipérine est désagréable car tiges et feuilles sont couvertes de poils très rudes qui accrochent. En cela, elle s'apparente à la bourrache, faisant partie comme elle de la famille des borraginacées. Son nom latin, *Echium vulgare,* lui vient de légendes antiques dont Ovide s'est fait l'écho. Echion serait un guerrier né des dents du dragon, ou l'un des argonautes, ou encore un géant qui avait conçu le projet d'escalader le ciel, entreprise qui fut anéantie par l'intervention de la terrible Méduse. Une autre version a également cours : la forme des boutons floraux de la vipérine rappelerait celle de la tête aplatie de la vipère.
On reculerait devant tant d'agressivité guerrière si les fleurs de la vipérine, d'abord roses, puis devenant d'un bleu profond, ne lui faisaient pardonner son abord rébarbatif. Ne la cueillons pas, mais réservons-la au plaisir des yeux.

Echium
Vulgare

Symboles et fleurs

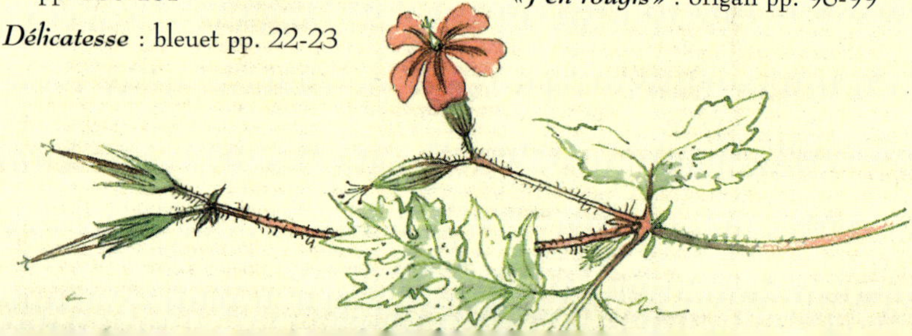

Fleurs et symboles

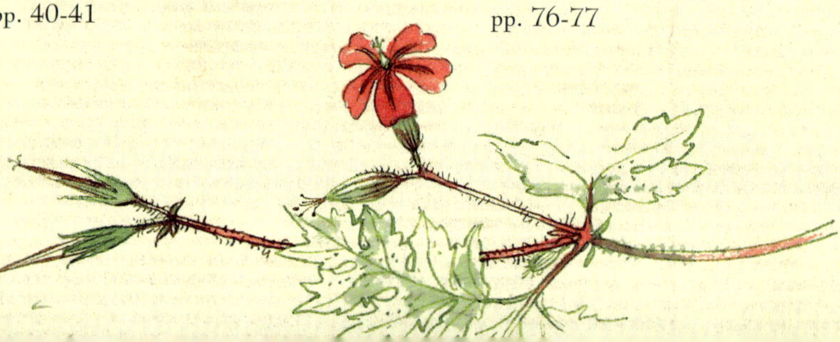

Sources

ANONYME p. 94 : extrait *de Anthologie de la poésie japonaise classique*. Poésie Gallimard.

GUILLAUME APOLLINAIRE pp. 8, 80 : extrait de « Clotilde », in *Alcools*. Gallimard.

LOUIS ARAGON p. 138 : extrait de « Les amants séparés » in *Le Crève-Cœur*. Gallimard.

JEAN-ANTOINE DE BAÏF (1532-1589) p. 68

RÉMI BELLEAU (1528-1577) p. 98

ROGER CAILLOIS pp. 14, 40 : extrait de *Le Fleuve Alphée*. Gallimard.

PIERRE CAMO p. 118 : extrait de *Cadences*. Garnier Frères Éditeur.

PHILIPPE CHABANAIX p. 16 : extrait de *Sérénade*. Édition pour les amis de l'auteur, imprimerie Nicolas, Niort, 1964.

COLETTE pp. 20, 130 : extrait de *Claudine en ménage*. Mercure de France, 1902. P. 24 : extrait de *Journal à rebours*. Librairie Arthème Fayard, 1941. P. 92 : extrait de *Gigi*. Hachette. P. 124 : extrait de *Les Heures longues*. Librairie Arthème Fayard, 1917. P. 128 : extrait de *La Naissance du jour*. GF, Flammarion.

M. COLETTET p. 108 : extrait de *La Guirlande de Julie*. Robert Laffont.

ALPHONSE DAUDET p. 50 : extrait de « La Chèvre de Monsieur Seguin » in *Les Lettres de mon moulin*.

THÉOPHILE GAUTIER p. 106 : extrait de *Émaux et Camées*. Fasquelle.

MAURICE GENEVOIX p. 36 : extrait de *Raboliot*. Grasset. P. 114 : extrait de *Marcheloup*. Plon, Le Livre de Poche, Paris, 1959.

ROSEMONDE GÉRARD pp. 52, 134, 140 : extraits de *Les Pipeaux*. Grasset Fasquelle, 1923.

JEAN GIONO pp. 22, 26, 56, 84 : extrait de *L'Oiseau bagué*. Folio, Gallimard. P. 46 : extrait de *Rondeur des jours*. Grasset. P. 122 : extrait de *Ennemonde et autres caractères*. Gallimard.

ARMELLE ILIOPOULOS p. 32 : extrait de *De Feuilles et de vent*.

PHILIPPE JACCOTTET p. 110 : extrait de « Fleur couleur bleue » in *Airs*. Gallimard, 1967.

FRANCIS JAMMES pp. 66, 112, 116, 126 : extrait de *De l'angélus de l'aube à l'angélus du soir*. Mercure de France, 1898.

ONO NO KOMACHI p. 58 : extrait *de Anthologie de la poésie japonaise classique*. Poésie Gallimard.

ANDRÉ LAMANDÉ p. 104 : extrait de *Sous le clair regard d'Athénée*. Delamain.

FRANÇOIS TRISTAN L'HERMITE p. 102

CLAUDE MALLEVILLE (1596-1647) p. 6

MARQUIS DE MONTAUSIER p. 132 : extrait de *La Guirlande de Julie*.

PAUL MORAND p. 30 : extrait de *Venises. L'imaginaire*. Gallimard.

ARAKIDA MORITAKE p. 62 : extrait de *Anthologie de la poésie japonaise classique*. Poésie Gallimard.

ALFRED DE MUSSET p. 142 : extrait de *Une Fleur*.

NIETZSCHE p. 18 : extrait de *Les Fleurs en poésie*. Gallimard.

NIZAMI p. 90 : extrait de *La Guirlande de l'Iran*. Flammarion, 1948.

ANNA DE NOAILLES p. 48 : extrait de *Le Cœur innombrable*. Grasset.

MARIE NOËL p. 78 : extrait de « Danse », in *Des vers à dire*. Librairie Garnier, Paris.

JEAN POURTAL DE LADEVEZE p. 10 : extrait *D'une flûte d'argent éveilleuse d'échos*. Le Divan, Paris.

MARCEL PROUST p. 42 : extrait de *Pastiches et mélanges*. L'Imaginaire, Gallimard. Pp. 64, 72 : extrait de *Du Côté de chez Swann*. Gallimard. P. 96 : extrait de *Sodome et Gomorrhe*. Gallimard. P. 120 : extrait de *Jean Santeuil*. Gallimard.

FRANÇOIS RABELAIS p. 70 : extrait de *Le Quart Livre*.

RAINER MARIA RILKE p. 136 : extrait de

Lettres autour d'un jardin. Éditions La Délirante, Insel Verlag, 1981.

JEAN-JACQUES ROUSSEAU p. 44 : extrait de *Les Rêveries du promeneur solitaire*.

GEORGE SAND p. 74 : extrait de *Histoire de ma vie*.

YAMAGUCHI SODÔ p. 34 : extrait de *Anthologie de la poésie japonaise classique*. Poésie Gallimard.

LE MOINE SOSEI p. 88 : extrait de *Anthologie de la poésie japonaise classique*. Poésie Gallimard.

PAUL-JEAN TOULET p. 54 : extrait de *La Campagne en poésie*. Folio, Gallimard.

PAUL VERLAINE p. 86 : extrait de *Jadis et Naguère*.

ALFRED DE VIGNY p. 28 : extrait de « La Maison du Berger », in *Les Destinées*, 1864.

VIRGILE p. 82 : extrait de *Bucoliques*. Traduction de Marcel Pagnol, Grasset.

Les vers sans indication d'auteur sont de Marthe Seguin-Fontes.

Bibliographie

Bayer, K.P. Buttler, X. Finkenzeller, J. Grau, Delachaux et Niestlé, *Guide de la flore méditerranéenne*, 1993

Boucher, M. Cohen, *Les Fleurs du Midi,* Edisud, 1995

Gaston Bonnier, *Flore complète portative de la Franc, de la Suisse et de la Belgique*, Belin, 1986

Charles Bühem, *Flore*, Éditions du Verbe

Mrs L. Burke, Hugh Evelyn, *The Language of Flowers*, London

Colin Clair, *Dictionnaire des herbes et des épices*, Denoël

François Couplan, *Les Plantes sauvages,* Gründ, 1995.

Jack Goody, *La Culture des fleurs*, Seuil, 1994

Fitter, A. Fitter, M. Blamey, *Guide des fleurs sauvages*, Delachaux et Niestlé, 1997

Freitag, Schwable, *Fleurs des prés et des champs*, Hatier

Mathieu, *Dictionnaire des plantes aphrodisiaques*, Éditions EFTN

Peter Morter, D. Macfeyden, *A Cottage Flora*, Web and Bower

Heinz Paul, *Fleurs des bois*, Hatier

Rollet et Bouret, *Culture des plantes médicinales*, Éditions Baillère et Fils., Paris, 1928

Atlas illustré des plantes, collection « Approches de la nature », Gründ

Grand dictionnaire Larousse, 1902

Handbook of Plant and Floral Ornament, Éditions Dover

La Violette, Michel Aveline éditeur

Revue *Atlantis*, n°s 370 et 372, éditions Dervy, Paris

Photogravure : P.M.P
à Levallois-Perret
Reliure : S.M.R.F, à Muzillac
Achevé d'imprimer sur les presses d'I.M.E.
à Baume-les-Dames

Dépôt légal : 7337 – mars 1998
ISBN : 2.84277. 067.6
34/1229/3-01

TU ES BELLE
Ranunculus
NE M'OUBLIEZ PAS
Myosotis Palustris
PENSEZ À MOI
Viola Tricolor
BEAUTÉ MASCULINE
Adonis Aestivalis
VOTRE IMAGE EST GRAVÉE DANS MON CŒUR
Veronica Persica
GRANDE ESTIME
Geranium Robertianum
BRUSQUERIE COURAGE
Borago Officinalis